句集

風の詩 Ⅱ

Hayakawa Michiyo

早川三千代

文學の森

風の詩　Ⅱ＊目次

装画・題簽　著者
装丁　宿南　勇

句集

風の詩

Ⅱ

花色の風

平成七年〜十年

いつからか歩幅合わせる花曇り
時余る不安や枇杷を捥いでおり

陽の匂い着るTシャツの豊かさや

薪能火影の長さ身に纏い

一日を爬虫類の如く生き

幻の日の訣れなり夏水仙

落日を蹴上げて遊ぶ大花野

胎内に子午線を持つ鬼ヤンマ

紅葉山いつかは叛く母の膝

海しぶく母系家族の指太し

地吹雪という旅人に出会いけり

爪磨く明日は雪となる日暮

胎内で芽吹く快感寒卵

春雨や明日は買おう白い皿

生態系狂わす春の羅針盤

忍野村見えない富士が液化する

浅春の空気の震え上九村

この絆いつか解かれて母子草

蝶もつれ海の蒼さに吸われけり

石投げて占う波紋夏の海

向日葵の視線集めて疾走す

冬瓜の葛煮家族が割れてゆく

えのころとペン字で書いて旅の宿
花野まで来て丸木橋渡れずに

地球から空気はみ出す秋の山
花野ゆくいつか一人の時を抱き

胸中に轍が延びる彼岸花

草紅葉残して鉄塔消されたり

終演は紅葉の中の独り劇
明るさは初冬の部屋にある風船

煮崩れし大根にもある尊厳死

蠟梅の香り満ちたり訃報くる

血を溶かす程の時あり寒の明け
花色の風に出会いぬ旅半ば

天上の見えない不安花枝垂

朧夜の電卓しきりに叩かれて

人質の重たい春よ万華鏡

椎の花降る一面の文語体

今からは素顔で生きて芹の花
観衆の一人となりて蒼い薔薇

青銀河一人は過去の人となり
紙コップ重ねる時の蟬しぐれ

空蟬の如く母いる仮面劇

英国の薔薇手折られて晩夏光

急がねば母が花野に迷い込む

鬼やんまいつかは都会の夢に群れ

眠らない鏡の中の草紅葉

鵙来ては独りの刻を持ち去れり

小春日や鳥になる日の風の色

山姥のにっこり笑う峰の雪

抽斗にしまう一月の星座

着膨れて影に躓く母といる

冬日向母の老斑増えており
一人ずつ消えてゆく陽炎を追って

この道は茅花のそよぐ過去を抱く

桐の花見上げる空は多角形

こだまして谷にいびつな蛇苺
木漏れ陽や瀬音はみどりを深くする

晩年の日は緩やかに韮の花

穂芒のそよぎ言葉に飢えている

形見のみ遺す家族や秋茜

鳥渡る日の旗大きく振っている

落丁や池塘に映す草紅葉

熟柿食む後ろの山が動きけり

十三夜鏡の中で遊ばせる
生きていることの不思議や柘榴爆ぜ

思い出が溢れてしまう秋の箱
虎落笛聞きつつ硝子の指輪買う

鍵錆びて故郷とよべる冬の海

赤い風船

平成十一年～十四年

新雪の軽さ肉親みな多弁

声紋が似ていて枇杷の花盛り

節分や人形の髪整える

省略がなくて犇めく里の春

早春の瀬音に座る炭俵
土筆摘む抱え切れない故郷よ

直系も傍系もあり群れ雀
たかんなを踏みたる時の不安かな

痴呆とは淡き光の漂いか

土偶にも母子のかたち樟若葉

麦秋の戦ぎの中の姉妹

祈ること多かりし日の立葵

芍薬の哀しみ盗む宵の月

氷菓なめ肉親同じ灯のもとに

いわし雲いま臨界の言葉知る
草虱連れて海見る一人なり

水底を安住として落葉あり

献体も一つのかたち寒昴

一人来て冬の砂漠に炎を埋める

海鳥を束ねて冬の自転車漕ぐ

冬北斗昨夜の秘密共有す

かつて姐御牡丹のままで散りました

夏帯が海の蒼さに溶けてゆく
曇天もまたよし古都の夏姿

肉親の輪の中にある夏帽子

昼寝覚め赤い風船追っている

雑踏の中に身を置く青鬼灯
晩夏光振り向くことも許されず

虫すだく異郷の枕固かりき

病む窓に二百十日の風を入れ

茶毘待つや真葛が原に雨激し

椅子だけがぽつんと秋の午後三時

母叱る娘がありて日向で眠る猫

母と子の視線は合わぬ枇杷の花

大根を刻む端から新世紀

ネパールの話などして屠蘇の膳

寒椿落ちて親子のかたち問う
湖眠る春の言葉を育みて

レモン搾る春昼の掛時計

御塩焼く話や梅雨の杜深し

梅雨茸が立ち聞きしている御塩殿

陽の匂い残して畳む白日傘

母の愚痴こぼして秋は深まれり

五線譜に書き足す今日の虎落笛

縄跳びの輪の中にある冬落暉

母の背の薄きに遊ぶ風呂の柚子

大根に斬首の刑あり野のかたち

春光の標的となる己が影

人形の動かぬ瞳花に酔う

柿若葉ゼンマイ時計のゆるい音

無念さを問うてみるなり白き百合

不眠症銀河に水を溢れさす

幾たびも笹竹くぐる車椅子
非常ベル押して九月の入口に

抜き菜する片側にいて夕焼ける

底流に血の流れあり冬の河

落葉踏み昨日の夢を裏返す

旅の途中

平成十五年〜十九年

遺言を書き忘れたる鵙の贄

ふと投げた言葉が刺さる冬日向

彷徨の家運を背負う古代雛
うらうらと冥土で廻す糸車

人形の瞼二重に名残雪

投函の底に沈みし春の音

車椅子春宵の闇押している

蝶群れてひらがなで書く海の詩

初夏や秘密一つはパンの中

萎えし足解けるように百日紅

スペインの旅向日葵が焦げていた
過去探す旅の途中の彼岸花

穴惑い土橋の崩れ見届ける

秋の蚊を打って身辺整理する

絶対の地に咲き誇る泡立草

烏瓜一族束ねる木の高さ

車椅子押して冬の陽傾ける

訣別の匂い漂う冬海峡

旅立ちは地図のない国寒茜

寒夕焼けゆっくり廻る観覧車

たんぽぽを咲かせて鉄路錆びゆけり

車椅子押す土筆野の遠かりき

青空を摑んだその手土筆摘む

いつの日か個展夢見て夏を貼る

くちなしや人消す遊びしておりぬ

水枕くぼんで母の夢溜める

蒼茫や一人の海を演出す

そばの花撫でて信濃の風白し

ひつじ田に鬼を隠して日暮れけり

じゃんけんで開いた掌木の実落つ

盗み聞きされているよな寒の月

運慶の鑿跡緻密に春の雨

心太文字太太と茶屋の軒

衣を正す城主は青葉の中に座す

空港で船を見ている夏帽子

メダカ飼う小さな空間共有し

車椅子はみ出している黒日傘
花芒揺れて五感を熱くする

新涼が大きなものを背負いくる

小春凪赤い電車がとまってる

麦青む三河平野を広くして
一針が母に繋がる針供養

言い訳をしている梅雨の日は長し

鑿荒き円空仏にさす日傘

蟬鳴くや急かさるるごと砂利を踏む

酔芙蓉巨きな人に出会いけり

人でいる不思議や虹の二重なり
肉親や触れれば落ちるミニトマト

蟬時雨数字の森に迷い込む
青銀河漢は背を曲げて去る

沈黙や母の髪梳く晩夏光

星になる願いや母の笹飾り

望郷や影を掬いし秋茜

落日や秋の助走路長すぎる

道化師となりて銀河の中にいる

親と子の生き方それぞれ屠蘇の膳

冬の木の隠すもの無き強さかな

能面の目尻優しく春の雪

球体に腰掛けているおぼろかな

紅満天星揺れて噂を打ち消せり

廃線の駅舎に戦ぐ矢車草

御木曳きの背文字眩しき伊勢の夏

古の綱引き継がれ初夏の杜

萩揺れて大きな荷物おろしけり

母に買う帽子や秋の陽を惜しむ

ゆっくりと猫が横切る草紅葉

綿虫の届かぬ距離に母を置く

癌告知南天の実の赤さかな

生きる術

平成二十年〜二十三年

讃美歌の凍てはじめたる海の街

ひとひらが余命と思う冬薔薇

新雪や我が足跡の恐ろしき

浅春や母背負いたる痛みかな

母のため朧に掛ける縄梯子

崩れゆく白木蓮を目で追えり

この石段登れば満願青嵐
葉桜の影踏む人や古都の昼

母の手を離せば夏に攫われる

脳回路操る向日葵の視線

今宵母かささぎの橋渡りしか

置き忘れた小石のような終戦日

虚しさの先端にいる赤トンボ

椎の実が落ちたと告げる母の墓

冬山を傾けている磨崖仏

蝶凍てる不思議な森の美術館

この曲も挽歌となるか虎落笛

葛藤の片方にある梅の花

春昼やあなたが無数にいる鏡

幾何学に春を育てる万華鏡

白藤やどこかに滾るものを持ち

母の忌や早苗田に水溢れ出る

麦秋を父のかたちで歩くなり

願うこと一つ減りたり茅の輪かな

くちなしを汚す戻せない時間
身の撓み影絵にしたる郡上かな

彼岸まで師に筆運べ鰯雲

秋冷や骨の鳴る音聞いている

一合の米研ぐ熟柿落ちる刻
記憶の芽摘まれておりし冬日向

あえかなる麦の青さを踏んでみる

嘶きは父への弔歌花八分

春潮や昔を探す島の路地

寡黙なり足裏で芝を撫でている

母の忌やふと途切れたる春の蟬

踏み外す階段のあり恐山

鳥帰る何もなかったような空

故郷は限界集落夏蓬

パトカーの視線に遊ぶ黒揚羽

名月に痣あり戦歴あるごとく

山門の影深くするこぼれ萩

迂回する余生もあるか鰯雲

十二月河口に櫂は畳まれて
冬ざれの野に抱かれし無人駅

冬落暉荒縄の端握りしめ

餅花の大きく揺れる飛驒の里

享保の雛仕舞われし島の蔵

天秤を蔵に眠らせ島は春

浜大根ゆっくり島に生きている

三陸に阿修羅が通る春の地震

原発や自身の為に咲く桜
円周率どこかでとまり黄砂くる

眠るしかない空間に燕飛ぶ

踝が痒いと言いし蝌蚪の水

草笛が吹きたくなった江《ごう》の里
夏木立画鋲の痕を消している

乗り継ぎはかささぎの橋母が待つ

葦舟を漕ぐ少年の声たかし

名月の裏側見ている自閉症

彼岸花この一叢は母系なり

体温の残る紅葉を手に受ける

草虱つけて一日を持ち歩く

ここからは私の時間紅葉山
忘却も生きる術なり冬北斗

母の椅子

平成二十四年〜二十六年

望郷や芹の水音跨ぎおり

母の忌の麦秋風を連れ帰る

早苗田の風に躓く夕陽かな

半眼に合わせる目の位置青嵐

梅雨しきり梵字の並ぶ奥の院

ホルン鳴る夏の扉を押すように

蝸牛昨日の嘘を見破られ
夏終る元素記号を暗記して

七夕の記憶を手繰る下駄の音

攻めるより守るは難し花芒

鑿先に秋思を宿す能面師

霧襖明日のかたち探しおり

青春を演じ切るなり櫨もみじ

菊日和母の喪服を緩く着る

敗荷やきのう殺めた人のこと

巻尺の戻る闇あり草紅葉

冬の陽が土偶の胎を覗きおり
寝返れば雪野彷徨う母に逢う

虎落笛毀れた器つなぎおり
どんど火の豊かさからだ裏返す

矢作川童話の球根植えました

望郷や土筆野に置く母の椅子

梅一枝入れ湖の碧さ撮る

梅林は昨日の光溜めている

白梅を握らせ永久の旅に出す

春昼や水の記憶の分水嶺

弦楽器音を磨きて月おぼろ

春蟬や君の傷口なめている

藤房の揺れかすかなり人を待つ

心地よき距離をたもちて藤の房

思い切り背伸びする猫立夏なり

掌に転がす丸薬梅雨明ける

万緑へ登る階段無口なり

丁寧に時間を畳む蛍かな

城郭や舫う鵜舟の深眠り

父の手を探した彼の日夏祭り

待ち針を打つ炎昼の一里塚

秋愁やつぎはぎだらけの記憶帳

髪切って花野の時計巻き戻す

われも旅人花野の径に迷いけり

独り居や花野はいつも失語症

言い捨てた言葉の波紋初時雨

肉体のどこかが歪む小春かな

歳晩や口中の痕疪いおり

枯れ葦や水鳥群れて明日は晴れ

森老いて梟に鍵貸している

猫の目に青空があり寒の入り

名園に彩添えており吊し雛

ゆっくりと春を融かして鎖樋

屈みても立ちても空は桜のもの

鶯の多弁を許す峡の村

軒低き絞り屋で買う夏帽子

全身が回転扉盛夏押す

落人かも知れぬ蛍に逢って来た

くちなしの闇膨らます未完の詩

なまこ壁たくみの街の藍日傘

掌の豆腐崩れる夜の雷

炎昼のクレーン伸びきる造船所

天の川櫂の軋みを聞いており

途中下車してみる銀河橋がない

昔日や足に絡まる草の萩

約束の九月やピアス少し揺れ

晩秋や回想録の端を折る

荒星や歴史育む隠岐島

包帯の白さ巻き切る師走かな

空想の好きな猫いて冬うらら

あとがき

　前回の句集『風の詩』から二十年、この二十年は私にとっては激動の歳月であったと思います。退職、母の介護、ちぎり絵の教室の立ち上げ等、様々なことがあった二十年でした。そう思いながら句を拾ってみると、親しい友人も幾人か見送り、母も見送りました。弔句の多かった歳月のような気がするのです。

　母は平成十五年頃より施設に入り、胃瘻となり最終的には舌癌で平成二十年没。毎日通った施設の窓から、夕日の赤さを眺め、緑の葉擦れを聞くことが当たり前のような毎日でした。その間、ちぎり絵の講師としていくつかの教室を立ち上げたのです。

しかし、そんな多忙な中にも俳句は生活の一部になっていました。衰えて行く母を句材にしたりしたこともありました。いまここに並べてみると未完の句ばかり。これを完成に近づけるという希望を残して、句集名にはこだわりました。迷いながらも、前回を超すことができず『風の詩Ⅱ』とすることに決めました。

選句は仲間の永井江美子さんにお願いしました。その選句は、私では気づかないもう一人の私を見つけてくれました。前回の先入観から抜け出すことにより、こんな私もあったのだと自分ながら新鮮な句と出会うことができました。

喜寿という年になって何が残っているだろうと思った時、そうだ俳句だ、と思いました。飽きもせず期日に追われて作っている、これが日常の俳句に対する私の姿勢なのです。それでも物を見る目はいつも言葉を探し、季語との出会いを心がけております。

いつの間にか溜めた俳句の整理に苦慮しながらも、その時々の情景や心情も楽しみました。知人から「句集は楽しみながら作るものだよ」と言われましたが、本当に楽しめた時間でした。もう作ることもない句集、それでも明日も俳句を作っているだろう、一つの癖になってしまっているから。

元気で楽しい時間が長く続くことを祈りながら、この句集を編みました。

最後になりましたが、選句をお願いしました永井さん、「文學の森」の皆様には大変お世話になりました。深く感謝いたします。

平成二十七年十一月

早川三千代

著者略歴

早川三千代（はやかわ・みちよ）

昭和14年７月26日　愛知県生まれ
昭和49年　中野茂氏に師事
昭和50年　現代俳句「青」、内藤吐天主宰「早蕨」入会
昭和52年　同人誌「橋」入会（平成16年終刊）
昭和55年　中部日本俳句作家会入会
昭和58年　現代俳句協会入会

現　在　「氷点」「青の会」
　　　　中部日本俳句作家会、現代俳句協会に在籍

句　集　『風の詩』（平成７年）

現住所　〒444－1221　愛知県安城市和泉町中本郷95－1
電　話　0566－92－4946

句集　風《かぜ》の詩《うた》　Ⅱ

発　行　平成二十七年十二月二十三日
著　者　早川三千代
発行者　大山基利
発行所　株式会社　文學の森
〒一六九-〇〇七五
東京都新宿区高田馬場二-一-二　田島ビル八階
tel 03-5292-9188　fax 03-5292-9199
e-mail mori@bungak.com
ホームページ http://www.bungak.com
印刷・製本　竹田　登

ISBN978-4-86438-496-4　C0092